詩集

風景病

吉田義昭

澪標

詩集　風景病　目次

IV

風の脚本

装幀　森本良成
装画　柿本忠男

I　突然　晴れた空に

風景病

不安を感じていないと
私　日々　不安です
私が切り取った窓から
不意にこの街が崩れ落ち
傾きかけた街の建物が
静止画のように霞んで
遠く離れていきました

その細い建物の隙間を
俯いて歩く人々が見えます
帰り道を失った過去の私も

あの人たちのように
背後から風景画が
倒れ掛かってくるのも知らず
この時代に圧し潰され
暗い街並みを歩いていたのです

黄昏の世界がこんなにも
脆く消えていくと知りました
街の底で逃げ場を失った友と
四日後に会おうと
そう固く約束していたのに
寂れた二日が過ぎ
古びた心臓を止め
昨日　葬祭場で
棺の中の顔と出会えました

小さな棺の窓から
彼が私を見つめていたのです
私が覗いていたのではありません
かつては整っていた私の顔も
やがて木棺の窓で切り取られ
人生は少しずつ欠けていくもの
家族もこの風景画も欠け始め
輝きながら彼の骨も欠けたのですが
欠けていかないのは彼の死と
香ばしい私の不安だけだったのです

幸福病

「幸福ですか」と不意に声が
振り返っても誰もいません
幸福も不幸も平凡な生き方
私が呟く時は紙より軽い言葉
誰かに問われると重くなり
見えない物を探る感性の質量
物を表せない言葉なんて
私が使うと日常がなくなります

「私は幸福だったの」と聞かれ
いつもうわの空で生活感なく

私は妻の言葉を聞き逃してばかり
「言葉なんて一枚の葉っぱ」
死んだ妻の寂しい独り言でした
幸福なんてただの病気の名前
死んでからは不幸も逃げたので
会話少なくちょうど良い夫婦でした

「喜び」とか「哀しみ」とか
数量化できない感情も嫌いです
見せかけの幸福の葉一枚
手のひらから零れ落ちました
どの花の店にも売ってはいません
妻との幸福の質量が気になりだし
秤に乗せても目盛りが振れません
耳障りな幸福が私の耳に響く生活

「生きる」とか「辛い」とか
言葉なんて時に一枚の消えた枯葉
一つの言葉で感情も逃げていき
枯れた言葉はどこに落ちるのか
落ち始めたら止められません
幸福という言葉の裏に
虫たちが食べた無数の穴の発見
それが私の幸福病の終末でした

突然　晴れた空に

夏が終わり
あの空に近づきたいと
山麓から険しい山道を登り
細い稜線を曲がりくねり
等高線を予想し
峰から峰へ稜線を歩いた
ここからあの空へ
登るだけの人生ではなかったが

どこまでも色の消えた空から
季節が少しずつ変わっても

まだ秋風とは呼びたくはない
うつろに変化する季節は
地球が少し回転しただけだが
空から見るときっと
私が歩いている険しい山道も
平坦な地上にしか見えない
同じ風向きの景色の中で
ただ俯き歩いていたから
私の人生もいつも
同じ方向に流されていたのだ

だが　空からの風は
等圧線に沿って流れてはいない
もう下ることには疲れた
空も小さな下界も見えすぎる
突然　晴れたこんな日には

空から見た私なんて
微かに転がる
小石ほどにも見えないだろう
誰も私なんて見てはいない

やっと山頂に辿り着いたが
逞しく老いた私にはまだ
空に近づく力は残されていた
空から見ると
私の人生は上りも下りもなく
ただ一枚の平面の地図の上
それでもまだ
登り足りないことに気づいた

「私」への質問

「私は死ぬのですか」と
寒々と凍った質問
声は空気の熱運動でかき消され
私という肉体の熱量は
高いところから低いところへ
虚偽から真実へと流れたが
「死」よりも
低温の言葉が見つからない

明るい病室に突然の逆光
老医師の影絵が窓硝子に映り

決して私と目を合わせない
「そう人間ならいつかはね」と
冷え切った私の質問より
答えた言葉は室温より下がり
声は光の粒子に紛れ漂っている
私は零度以下の言葉に怯えない

背中合わせの声と声
背中から眠りに落ちそうで
凍りついたように動けない
「悪性リンパ腫です」と
そう告げられた瞬間
私は聞こえないふりをする
声は空気に溶けずに沈殿し
私の感情まで熱を失いかけた

さらに冷えていく病室
「私は正しい善人です」
初めて悪性の人間に分類され
病気を認めない私でも
今ではなく明日からなら
生きる覚悟をしてもかまいません
最後に憎しみを込め質問します
「私は死にませんね」と私の声

発熱の理由

平凡に生きてこそ平常心
そして平熱の日々
無心に無感動で生きていた私に
突然　甦ってきた男らしさ
老いた枯葉を拾い集め
妻への恋文の束を燃やした日から
「四十度の熱が続いた四日間」
前触れもなく
私の肉体も燃焼しかけたのです

原因を求めないのが現代的

不穏な熱はそれ以上高くはならず
精神は激しく不完全燃焼の日々
私に巣くっていた新鮮な癌細胞
裸で診察された孤独な診察台で
「九度以上の熱で癌細胞は死滅」
同性の老医師が教えてくれたのです
結果を求めないことは男性的だと

医者の前で病気を隠した贋現代人
医者嫌い薬嫌い運命論嫌いで
私の肉体だけを信じていたのですね
軽い心は負荷をかけて強くなると
「私の肉体で実験してください」
癌細胞を死滅させるために
私は自主的に現代に反抗
有意義な熱を出していたのですね

愛ある男らしい病名を求めたのに
「病名なし」と疲れた医師の独り言

「私の発熱は男性的ですかね」
ゆっくりと情緒的に生きると低体温
急いで生きると高体温になる現代人
病名は不明のまま妻に死なれ
あどけなかった妻にとって
「私は男に見えていたのですかね」
男という種は熱に弱い身体に生まれ
他人の熱を奪う本能で生き
時代に乗り遅れても
潔く現代人以外に進化する生き物
自らの生の限界を超えた幸福感

「私」に似せて

私の忘れものは「私」です
「私」という名の病気です
限りなく近く「私」を愛し
止まった時間が影を落とし
いつどこに忘れてきたのか
私の身体に「私」がいません

私が失った不確かな時間
それは「私」の時間ではなく
誰の時間だったのでしょう
地球が太陽の周りを一周

…が過ぎただけで
…での生活も忘れました
…の落としものも不在の「私」
見つけにくい「私」の不在を
誰かが拾って届けてくれると
私は「私」を探していましたが
探すほどに私がいなくなり
幸運にも「私」を見失いました

想い出を消すように回想しても
日を二十四等分にはできません
…間前の「私」と今の「私」と
…証」と診断されてから
…は美しく消え去りましたが
…名を捨てた「私…

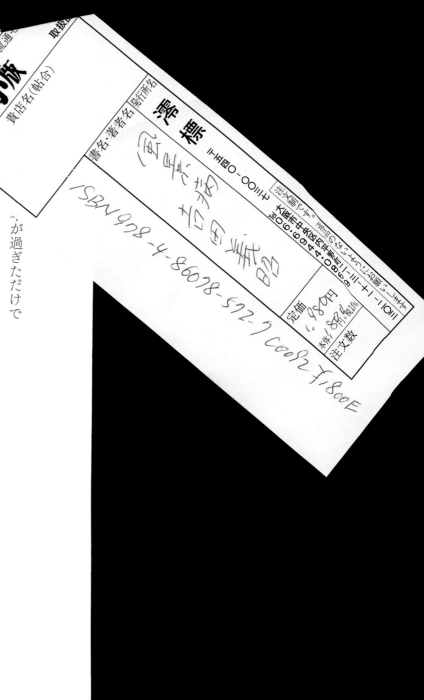

確かにここにいた「私」と私の孤

私に見放されていた「私」

この場所に佇んで、

地球が地軸

た

たかが一年が過ぎただけで
一年前までの生活も忘れました

私の落としものも不在の「私」
見つけにくい「私」の不在を
誰かが拾って届けてくれると
私は「私」を探していましたが
探すほどに私がいなくなり
幸運にも「私」を見失いました

想い出を消すように回想しても
一日を二十四等分にはできません
一時間前の「私」と今の「私」と
「不安症」と診断されてから
私の不安は美しく消え去りましたが
病気という名を捨てた「私」です

確かにここにいた「私」と私の孤独と
私に見放されていた「私」の自意識
この場所に佇んでいた一日も
地球が地軸を中心に一回転
ただそれだけの事実でしたが
一日前の「私」も見事に消せました

II

人生病

人生病

僕の人生を訪ねて来て
「生きろ」と告げる人がいる
いや　僕は生きています
こんなにも深く哲学的に
心貧しい人生を愛おしみ
妻が死んだ後も
ほんの少しの慈しみ
寂しく笑えない人生を楽しんでいます

僕の人生を笑いながら
「生きよ」と告げる人もいる

いや　これが僕の諧謔的な生活
名づけようのない一日の後に
不確かな一日が続き
誠実に日が暮れて味気ない涙
悲しく笑えない人生も楽しんでいます

僕が人生を作れないのは
嘘の人生論を語り過ぎたからです
とにかく僕は平凡に生きてきて
ただ詠嘆な日々を繰り返し
僕の人生に僕がいないと
そう気づけなかったのですから
書き忘れた日記に隠した
紙の上の時間を削ぎ落しても
透けてしまった僕の人生が見えます

僕の人生は僕の友人のふりをして
どんな土地で生きていたのでしょう
いや　何が何でも僕の身体の中に
僕の人生が生きていると信じます
空より重い人生に押し潰されても
「もっと強く生きろ」と
僕の声が空に響いて聞こえてきます

幽霊病

思い出せないことがある
昨日の新月の大きさ
涙を流して読んだ物語の結末
日暮れの公園で空を見ていた小鳥の名
思い出そうとして思い出せないまま
こんな風に日々を過ごしている
私の愛おしい生き方といじらしさ
妻によく影が薄くなったと慰められた

一年前の妻の葬儀で
泣けなかった悲しみ

密かに見つめた遺影の前で
語ろうとしても思い出を忘れ
私の顔は忘れてはいけないと
鏡に映してみたが光だけが乱反射
知性なく髪は薄く目は虚ろ
輝きも意志もなく老いた頬はこけ
まるで病気の幽霊のようなのだ

公園の景色も遠くに去っていった
木立を抜け
太陽の真下に立っていても
地面に映る私の影だけ色が薄く
微かに輪郭までぼやけていた
身体のどこか
私に見えないどこかの部分から
私の影が消えかかっているようで

今日の次に昨日がやって来たり
なぜ私より先に老けたの　と
妻の小言まで遠くに霞んでいった

思い出から去った友人からは
まだ生きているのかと疑られた
夢の中の老いた妻にも
自分の姿を見たことがあるのと聞かれ
見つめられた顔から私が消え
顔の次は首の下の私が見えない
私が変わり果てたのに
私以外の誰もが
暮れなずむ空に映る幽霊に見えた日
私が幽霊になったとは言いたくない
私は誰なのか思い出してはいけない

同情病

懐かしい時代から吹いてきた風
振り返ると青空の下に不安げな町
ここで生きる人への愛おしさ
私の暮らしまで透けて見えます
傾斜のきつい長い石段を登りきると
明るい墓地への方角を見失いました
西か東か南北に進む道か
私は楽しんで道に迷っていたのです

あなたは人生のある人が歩く道を
私は人生をなくした人が通る道を

私が立ち止まっていると妻が
暖かな風と一緒に現れて来ました
この十字路で時代と時間が交差
私の影と妻の影が寄り添い
ここから妻が生きている人の道を
私が過去に消えた道を歩くのです

死んでも悩みごとは尽きないと
昨日　新盆で家に帰ってみたら
家中に憐れみ悲しみ涙の匂い
あなたが拾ってきた同情がいっぱい
足の踏み場もなかったと妻が笑います
町中に可哀想が落ちていましたが
私は拾って来た覚えはありません
身体についていたのかもしれません

妻と暮らした想い出が温い光に揺れ
私が誰かの不幸を背負ってしまうと
妻は歩く道を間違えてしまうのです
私も強く生きようと決意しますが
同情を拾っていたわけではありません
捨てられた子猫や子犬を探して
息を切らしながら小さな墓地に着くと
妻はそっと自分の墓に隠れに行きました

終末

二人の病室。私がいつまでも二つの死を受け入れられないのは、別れの言葉を告げていないからだ。死は死者だけのものではない。最期の言葉を告げぬまま消えたのだから、悲しみの残像が逃げたままだ。たとえ病室で、答えが返って来なくても、私から別れの言葉を告げるべきだった。死の直前まで、人間は声の響きを愛し、耳だけで生きようとしていたのだから。

私は十七歳。放課後、学校の柔道場に通っていた。先生に柔道を習っていて、突然、投げられた後に、身体を抱き寄せられた。その時、私は先生の純粋さに気づいた。日焼けした彫像のような肉体だった。その日の帰り道、秋の夕暮れ、落葉樹の道を歩いていて、私の手は先生の手に強く握りしめられた。幼かった息子を事故で亡くし、先生は私の手で何を思い出していたのだろう。

あれから四十年も過ぎたが、私の青春期は終わってはいなかった。私がまた、先生の純粋さに気づいた頃、痩せ細って先生は入院。お見舞いに行く度に想い出話をか細い声で語り、私の手を求めてきた。しかし、その日の病室では穏やかに眠っていた。思わず先生の耳に死ぬなと呟いた。一瞬で先生との想い出が逃げていった。まだ暖かな手を握り締めたが、本当はあの時のように、熱い逞しい身体を抱き締めたかった。

それから数日後、妻の病室にいた。妻は眠っているようだったが、目を開けることさえ出来なかったのだろう。危うい呼吸器をつけ、ただ生かされていただけの妻に、愛する先生の最期の姿を重ねていた。妻の耳にも別れの言葉を告げられなかった。延命治療をするかどうか、何度も詰問され、妻の返事を聞かなければと、躊躇っているうちに妻も亡くなったのだ。妻を抱き締めたいという衝動も打ち消されたのだから。

どんな死にも終末という時間を重ねてはいけない。誰のための終末か。愛する人に見つめられるだけの死ではいけない。独りで死んでもいけない。延命治療も終末医療も、その二つの医療法を同時に行って欲しかったが、きっと妻は拒んだはずだ。人はどんな消え方がふさわしいのか。どんな時代も必ず終わりが来る。それが歴史の目的であるとも聞いたが、そんな終末論を私は信じてはいない。

伴奏者

私はあなたの歌を愛していたかどうかは分からない。そもそもあなたという人間も私には分からなかった気がする。あなたが初めて死者になり、この葬儀場であなたの歌が流れているのを聴いているが、あなたの歌を聴いていても、私にはどんな感動も湧いてはこない。あなたの歌が死んだかどうかは私が決めること。ピアニストとしてあなたの歌の伴奏をして四十年間もあなたと寄り添っていたのに、あなたから私が愛されていたとも思えない。

あなたが死んでそんな不確かな身体になって、初めてあなたと出会えた気がする。とすると今までの私とあなたは単に人生の伴奏者同士ではなかったのか。突然、あなたが消え、緩和ケア病棟に隠れていたことも私には隠していた。本当は、あなたと私は歌手と伴奏者という曖昧な関係だけではなく、人生の伴奏者になれなかっただけの関係だったのかもしれない。白と黒の鍵盤のそのどちらにあなたの影は映っていたのだろう。

純白な細い骨になり、白髪も爪も唇も全てを失くしたのに、今になって、私にはあなたの身体の輪郭が鮮明に見える。あなたの人生の伴奏者は誰だったか。確かにあなたの肉体は燃やされ、微粒子状の灰になり、私は単にあなたが孤独な有機物であったことにも気づいたのだ。黒く縁どられたあなたの遺影が次々と表情を変えた。それでも、決して真実の顔を見せてはくれなかった。歌だけが残され、あなたは真実の生活さえ持てなかったのだから。

あなたはどこで生きていたのだろう。抽象的な歌詞の歌の中で生きてきて、歌っていてもこの現実に怯えていただけのあなたの横顔は、いつも私からは見えなかった。遺影の笑っている顔だけが、真実の死に顔のように思える。死んだ魚の目よりも淀んだ眼、頬も青白く、私はあなたの熱い骨をただ無表情に見つめていたのに、あなたはずっと私を見つめようともしていなかった。そうだ、歌っていた時でさえあなたは私を見てはいなかった。

あなたは悲しい歌を悲しみの演技で歌いながら、本当は悲しみの意味も知らなかったのだ。歌うことに怯えた感情のない歌。遺影の前に立っていると、ゆっくりとあなたの歌が近づいて来て、私の身体を通り抜けていった。私はあなたに私の腕や指に近づくなと叫んだのだ。死んでから初めて、あなたの歌が聞こえてきたのかもしれない。人生に伴奏者はいらない。私も私のピアノの音から逃げていたのだ。あなたは誰の伴奏で歌っていたのか。愚か者たち。

老後の練習

陽の当たる縁側に
朝日でもなく夕日でもなく
真昼の光でもない優しい光
光は私が生きる速度よりも遅く
ここは明るい墓地の隣の家だから
語り合う寂しい人はいない
生きている人も
死んでいる人も訪ねて来ないのだ

私と死んだ妻が
遠い時代を見つめながら

一心に陽を浴びている
そんな場面を思い出していると
昨年　消えた友人が遊びに来た
いや　一昨年だったか
楽しい葬式だったから
もしかしたら
死んだふりをしていたのかもしれない

妻が老後の練習をしたいと
もう何年も座ったままの私たち
縁側の廊下の木も老いてきたと
そう言って妻は微かに笑った
ただ青空と流れない雲を見て
黙り合っていても
何かを語り合っていたのだと
そんな夫婦だったと自慢して

妻は友人に語りかけている

死んだ妻が
本当に私は死んでいるのと
友人に訊ねている
死んだ者同士は仲が良い
人間は一日ずつ美しく
老いて汚れて輝いていくもの
死んだふりは楽しいと
妻は光に溶けかかっていた
何処にも帰る場所がない

III

野菜嫌い

林檎の気持ち

林檎をかじりたい
白い磁器の皿の上
林檎が窓硝子に影になって映り
朝日が林檎の表面を這っている
色は静脈血の色というと
食べたくなくなるが
青い林檎として生まれ
林檎にも血が通った時代があったと
そう信じて男は林檎ひとつ手に取った
あの日　林檎の皮を剥いていた瞬間
切れ味のいい包丁が動きすぎた

男は左の親指の皮膚を深く切ったのだ
それは昨日の出来事のようで
過去の惨劇だから美しく語れる
あれから男は林檎に触れない
許さない認めたくない
林檎の気持ちが分からないと呟く
不器用な私が悪いのではなく
頑固な林檎の皮が悪いのだと男は思う
あの時　動脈血が滴り落ちて
林檎の果肉にも血が付着した
だから林檎も男を許さないだろう
一日が過ぎ夕日を浴び林檎は成熟
やがて球形を失い腐乱していくだろう
世界の景色は全て
切れすぎる包丁で切れるから
孤独な林檎を見つめていると

景色は林檎と林檎でない部分に
分類できるようだと男は思う
林檎は男を見ていない
見る気もしないのだ

ジャガイモの履歴

ジャガイモの皮を剥くことを
今日は止めました
そんな気分ではありません
この歪んだ球形が苦手なのです
どんな形に切れば
正しくジャガイモらしくなるのか
どうしてこんなに私のように
泥臭い形をしているのでしょう
土をつけたまま転がしても
転がりたくても転がらない頑固さ
いや　それよりも
何日も何日も

台所の片隅に放置していたので
所々の窪みから新芽が出ていました
土の中にいなくても私のように
まだ生きようとする誠実さ
芽が出たということは全身に
やはり私と同じように
生きる力を隠していたのですね
こんな偉人な古いジャガイモを
今日はお湯に入れる気になれません
新たに美しい芽を出して
別の野菜になろうとしていたのか
このジャガイモが古いのではなく
きっと私の感性が古いのでしょう
今日の私はこのジャガイモが
ジャガイモのようにしか見えません
私がジャガイモに負けた日々

林檎の重力

林檎畑から黄昏の空は遠く
ここが林檎畑でなかったら
林檎はどこに落下したのだろう
林檎は林檎として生まれたのだ
間違いではない
赤く染まった雲を透過し
おびただしく赤光が降ってくる
光は林檎の表面で乱反射し
土の上で戸惑い行き先を失い
林檎は黄昏の光を浴びて動けない
自分の質量に耐えきれず

寂しげに木から離れただけだが
自らの意志で落ちたとは思えない
正しく落下するものなど
重力に頼る地球には存在しないと
そう諦めたような落下の方法だ
清く潔く世界に反抗して華やかに落下
運命に従い地面を見つめ穏やかに落下
私のように静かに目立たぬように落下
厭世的に面倒くさそうに音立てて落下
どの落下も間違いとは言えないが
私にもぎ取られる前に落ちたのなら
熟して完結した林檎ではない
林檎畑だから一面に堕落できぬ林檎
落ちてから輝きを増す林檎ばかり
私も林檎のようにこの地上では
正しい落下の方法を見つけてはいない

重力さえ感じなくなった私も
私は私として生きているのだ
間違いではない
いつも希望も絶望も失くした演技で
地に堕ちてしまった私だから
堕ちてからゆっくりと成熟

レタスとキャベツと私の朝と

レタスもキャベツも
直ぐにしおれてしまう態度が
寂しげで嫌いです
まるで下手な演技のようで
剝いても剝いても
葉っぱに葉っぱを重ねただけで
中身までなかなか辿り着けず
自分で脱ごうとしていたのか
脱がされるのを待っているのか
軽い恥じらいもなく
中心に上手く

まとまろうとしていた正直さも
芯を隠して見せない臆病さも
その情けない態度も嫌いです
球状になっても不自然な形
空気のように味も控えめ
個性もなく
女性的でも
中性的でもなく
淡い色の野菜は
光合成をし忘れていたくせに
繊細さを気取り
ただ葉を重ねた集合体なのに
それでも野菜だと主張し
そんなあいまいな態度も
私に似ているので嫌いです

林檎の自転

林檎が地球のかたちに見える日
林檎の皮を剥くことを
今日は止めました
そんな気分ではありません
この歪んだ球形が苦手なのです
私が林檎を見つめているのか
林檎が私を見つめているのか
平らな机の上に置かれていても
少し傾いたままで
地球の地軸の傾きのようです

この林檎はどうしてこんなに
歪んだ球形をしているのでしょう
正しい球形になれなかったのは
木から落下して怯えたまま
地球と同じ形になることを
頑なに拒んでいたからでしょうか
私なんて身も心もいつも
丸くなって生きていたのに
この林檎が歪んで見えるのは
私の生活が歪んでいるからです

もしも地球が回転しなかったら
私はどんな場所で生きていたか
球状の物は転がることが使命なのに
静止して置かれた林檎にも
南極と北極があるようで

指で押しても動こうとしません
林檎を赤道上で半分
あるいは地軸にそって半分に切れば
断面も白く輝き
もう転がることは出来ませんが
どんな形に切れば
林檎の尊厳を保てたのでしょう
こんな悲しげで偉大な林檎を
とうてい食べる気になれません

地球を球状だと信じたくない日
もしものこと天動説の時代を
この林檎が生きていたら
何も球状になる必要はなかったのか
それとも身も心も
丸くなった私の生活を

私が蔑み嫌っていたからなのか
私はただ林檎の球状にあこがれず
どの場所からも転げ落ちました
転がり過ぎて丸くなった人間です

玉ネギの薄い個性

窓から白い光が入ってきます
玉ネギの皮を剥き終え
ずっと青空を見つめています
玉ネギの皮の薄さと
白い雲の薄さを比べていると
薄い皮から光が透けてきて
光沢のある表面に
毅然と白い光を吸収しているのか
いや白い光を反射させたいのか
玉ネギの白さに
大根の純白さや

長ネギの白さほどの
純粋な輝きは見つけられません
私を挑発しているのか
剥いても　剥いても
私のように芯がなく
中心に触れさせない虚しさと
簡単に剥けてしまう軽薄さに
私の弱ささえ思い出させます
他人事のようにきっぱりと
ひと皮もふた皮も
優しく脱がせていっても
同じ玉ネギの形を保ったままです
わざと球状にはならなかったと
主張しているのか
何も主張していないのか
それでも個性もなく

玉ネギは本心を語ってくれません
どこに置いても
玉ネギの落ち着いた形が嫌いです
この台所の窓から青空を見て
玉ネギだけが白く輝いていました

Ⅳ　風の脚本

人生と呼べない時間

色のない季節外れの海
冬の水平線が輝き震えているのは
私の涙も含まれていたのか
繰り返し　人生論で挫折
繰り返し　同じ失敗で留まった
私は誰に生かされていたのだろう
水平線が揺れ荒れた海でも
私には穏やかな海に見える
穏やかな人生を愛していたのだから

耳に入り込んで来たシャンソン

昨日亡くなった男性歌手の枯れた声
その声は人生の余白から聞こえて来る
どんなに激しく歌っていても
私には穏やかな歌声にしか聞こえない
彼の人生も寂しい歌も敬愛していたが
私は死者を愛したくはない
死ぬ約束はしていなかった
この歌を作詞した詩人も友人だった
多くの劇的な悲しい歌を創作したが
歌手よりも三カ月前に亡くなった
死者たちは死んでも仲が良い

死者たちの歌を聴きながら
私は誰に話しかけていたのか
目に霞んで入り込んできた詩集
二カ月前に長い闘病の後で

あっけなく亡くなった老いた詩人
彼の詩集は死んではいなかった
老いた葬式にも行かなかった
行く約束はしていなかった
私は死者たちを愛せないからだ
『宿命論』という彼の書物も読んだが
こんな静かな人生とは呼べない時間に
実は私は死者たちに生かされていた
繰り返し　運命論で挫折
繰り返し　同じ宿命で留まった
こんな美しい海を見ることも出来ない

＊シャンソン歌手は藤田順弘氏、作詞家は詩人の赤木三郎氏、詩人は評論家でもある山田兼士氏。

逃げる男のために

遠い昔の話
二十歳の私が逃げたのは
犯罪だったか

「七〇年安保」のあの瞬間
捕まる予感から逃げたのではない
国会議事堂前のデモ
なぜ無防備な私の目の前に
警棒と盾があったか弁明せよ
私は善良な学生で
ふがいない子猫に似た小市民

何も抵抗をしていなかったが
捕まる恐怖から逃げたのでもない
ただ追われたから逃げただけ
あの日から私は
勇気ある逃げる男になったのだ

二十代は国や政治や結婚
大学や憂鬱な学問から逃げ
三十代は愚かな誠実な弱さと
重苦しい仕事から逃げ
疲れ切った四十代は
ささやかな生活の軽さに気づき
家庭や子どもからも逃げ
五十代は病気で死にかけ
老いの恐怖とうつろな生活と
妻の優しい愚痴と

日々の激しい後悔から逃げ
それからは病人を気取り
私の小さな人生からも逃げ
六十代になり　やっと
本物の逃げる男になったのだ

追う者は憎みながら
逃げる者を愛していたから
長い年月
追い続けていられたが
逃げる者が走る方向も
追われる者を見失い
無意識のうちに
誰も追いかけて来ないと
臆病な人生に気づいた時
逃げる意味を失った私は

後姿だけの男になったのだ
遠い昔を回想
二十歳の私が逃げたのは
犯罪だったのではない

月とナイフ

青年時代
誠実な殺意はなく
私を殺したい瞬間があった
買い求めた登山ナイフが
黒い鞄の中で
輝いているように思えたから
月夜でも明るい
真夜中の交番広場を素通り
敵意ある制服に見つめられ
呼び止められる気配を感じ
「あぁ　僕は生きている」と

興奮し全力で逃げてみたのだ

あれからおよそ半世紀が過ぎ
私の肉体が錆びた危険物となり
今の私の鞄の中には
ナイフは隠してはいないが
鋭角のない生活は罪作り
私自身が凶器にもなれず
刃の欠けた生活に疲れ果て
私が触れるもの全てを
輝いた凶器にしたいから
新鮮な包丁を買ってしまったのだ

老年時代
自死とか孤独死に怯えていたが
自分を輝かせたい瞬間がある

「どんな凶器が私に相応しいか」と
何が危険なのかも省みず
何が恐怖なのかもあえて気づかず
夜が半分不透明に見えたから
老いた自分に向けて
私自身が凶器になりたいのだ
空にも三日月に似たナイフ

自己分析

ある離人症

窓に雨が当たっています。もう何日も降り止みません。銀白色のどんよりした空の下で、少量の光を浴びて暮らしていました。精神の方が微妙に、温度や湿度に反応しているような気がします。「離人症」と自己診断した友人の精神科医師の話を聞いてから、私は他人と話す時の違和感はなくなりました。しかし相変わらず、私も他人の前に出ると自分を失います。私と他人の違いが分からなくなるのです。人に会うことが怖くなったわけではなく、他人の弱さが私の強さのように思える恐怖なのです。それなのに、何故、精神科医師は、診察室に来た私には病名を付けてくれなかったのでしょうか。きっと私も「離人症」なのです。

「離人症」とは私には聞き慣れない病名です。友人が「離人症」であると聞いた時、私は何て幸せな病気なのかと思いました。人が人から離れ、人が人を見下し、人が人であることを拒絶したとしても、それを病気と定義するなんて非現実すぎます。外面も内面も同じ精神の平面で捉え、きっと離人症の患者は、他人を見失う前に、自分を見失いたいと思う病気に罹っているのでしょう。確かに私も、いつも自分のことを他人のように語っていたような気がします。それなのに、個性のない人間は精神の病気に罹る資格がない、分析するにも自己の精神のない人間を分析することも出来ないとも言われたのです。

確かに私は自分の病名を言いあてられることに怯えていました。しかし、精神の病気ではないと断言されても、私には病気という概念が分からなくなったのです。いつも肉体的には病気という境界線上で生きていて、私にも何か、精神的な病名を付けて欲しかったのです。そもそも肉体的な部分を除いて、精神的な部分において病気でない人間なんているのでしょうか。他人と自分とを区別できる人間なんているのでしょうか。精神なんて重さでは測れません。「離人症は誰でも罹る病気」と言われても、誰もが罹るのなら、病気とはいえません。単なる慣習です。

私は詩などを書いているのですから、誰よりも自分が正常な精神の病気に罹っていると思っています。確かに、精神が弱った人を患者に仕立て、強引に病名をつけてしまうことは別の病気の予防になっていたのかもしれません。「たいした病気ではない」と言われてしまうと、病名を持てない人間は生きる価値もないと言われたようにも思えます。現実感のない現実の中で、時に人は、印象画風に自分を見つめ、自分の虚像を描いていたのかもしれません。私だってここにいる自分が私かどうか、自分を愛そうとする度に、自分の感情から離れていく気がします。愛という言葉を使ってみても、私自身も他人をも愛することが出来ません。

風も強くなりました。ここはもう診察室ではなく、社会から隔離された狭い病室のような私の部屋です。私はこの狭い部屋にいて病室に閉じ込められているように思えました。だから私も病気の人間なのです。私に私固有の病名を下さい。私の家のどの部屋も病室になりたがっているように思えます。このまま、雨が降り続くと、私も何かの病気に感染していく気がします。私ならまず自分の病気を疑う前に、自分の生き方を、さらにこの時代を疑ってみます。それがこの時代を生きぬく私の治療法に思えます。きっと誰もがこの時代の病気に感染しているはず、やっと空も退屈そうに晴れてきたのですから。

＊離人症とは精神障害の一種で、ＷＨＯ（世界保健機関）による診断名は離人（りじん）・現実感喪失症候群である。

滅びゆくもの

倒れゆくもの
滅びゆくもの
この街を甘い肉感的な目で
孤独な窓から見ています
激しい雨と風の後
倒された木々
木で壊されかかった私の家
その背後で霞んでいた私の街
こんなに家々が
優しく寄り添っているのに
私の家も私の街も孤独でした

やがて滅びゆくという
文明論を読んでいました
風に揺られ
目の前の川に
輪郭のない風景画が浮かんで
この街の底にも埋められ
沈んだ文明があったと信じ
私は家の外に出て
いや街の境界線の外
この時代の枠を越え
この文明の外れで
壊れた私の家が流れていくのを
空想しています

この街の風景画に浮かび

まるで水死体のように
目の前の川を流れていく家
不健康な身体も閉じ込められ
孤独な文明の中の私の生活も
川に浮かんで流れていきます
街から逃げたいと
足下から崩れ落ち
ゆっくりと流されていた時代
私は死んだ文明の一隅にいます
ここを街とも都市とも呼べず
流れていくもの
堕ちていくもの
私の街も私の時代も私の孤独も
今頃
海に辿り着いていると思います

悪い履歴書

その朝に鏡から私の貌が消えた
鏡に映る不確かな窓の外
木や花が育たぬ場所も愛したが
悪い時代を生きたと履歴書に書くな
正義感なく生きたと履歴書に書くな
私は悪い人間しか見ていなかった
懐かしい時代の私の偽善ぶりが
悪い男たちに愛されていたのだろう

その夜に私という他者の貌が消えた
鏡に閉じ込められた私の貌

喜劇のように善と悪の貌が交錯
悪い時代の黴臭い顔を隠し
倫理観なく生きたと履歴書に書くな
私の貌は私にも見つめられず
昨日までの贋の来歴さえ書き換えた

悪い時代には悪い男しか生きられぬ
悪い時代には無害の男は生きられぬ
悪い時代には過去の男は生きられぬ
偽善も善
人間も善
悪い男たちは善人を愛することで
自分の悪から逃れようとしていたのだ
印象薄い時代の鏡にも映されず
木や花からも愛されなかった私の孤独

悪い運命論もいらぬと私を責めるな
履歴書に記述する事実もなくしたが
愚かな時代を生きた私を侮蔑するな
悪い時代に咲いた悪い花に触れ
私も悪い男の病気に感染していただけだ

今日の貌で過ごす架空の一日を積み重ね
罪深さを感じた倫理観は時代を超えた
善と悪の貌を見分けられなかった同時代
他人と私の貌を見分けられなかった同時代
時代を愛せない贋の演技で生きた同時代
時代を上手に生き抜いたと悪い回想
不要な時代を生きていたと履歴書に書くな

風の脚本

幼年時代と少年時代は懐疑的に
回想は夢の中でも思い出少なく
暖かな風が通り過ぎた時代でした

苦しかった青年時代は虚無的に
そんなに重要ではないと思ったので
さりげなく風の速度で通過しました

成人になることを拒んだ時代
卒業も就職も結婚までも遠い風
失敗を拒絶する本能で生きていました

その後は名づけようもない時代ばかり
結婚し子供を育て家族で小さく暮らし
次々と風の距離も向きも変化させました

子供も妻も私も平凡に成長した時代
一心に働いた記憶も冷たい風に流され
私のドラマでは日々脇役だった私でした

辛すぎた中年と壮年時代では私を失い
妻の死の後に私が発病し死にかけた事件
波瀾万丈のドラマではなかったのです

私の人生だから脚本家は私だったと
現実も虚構も同じ向きの風に背中を押され
振り返って劇的な生き方を否定しました

こうして終末にも怯えていない老年時代
感動的なドラマの結末を探していますが
私の人生の主人公が登場してきません

「この年になると」と呟いてしまうと
明日という言葉はまぶしすぎて語れず
明日の代わりに風の流れを感じました

私のお墓まで吹いていく風は重すぎて
線香や花束のほかに私の遺体を忘れそう
私は脚本通りには生きていません

「風景病」覚書

人生という言葉が好きだ。この年になると、人生という言葉も身近に感じるようになった。早目に退職し、妻と一緒に残りの人生を過ごす約束をしていたのだが、突然、妻が亡くなり、その後の人生設計は描かれないままで終わりそうだった。だが、詩を書くこと、ジャズを歌うこと、歌曲の詩を創作すること、そんな人生の小さな時間が私を救ってくれていた気がする。この詩集は私の残りの人生をテーマとした詩篇をあつめた。青春時代の過去の出来事もこれから起きる出来事のように思えたのだ。平凡に生きることは難しいが、家族や友人を愛しながら生きることは易しいことだ。

私は多くの友人たちに支えられて生きていることをいつも実感していたと思う。この詩集は詩人で評論家の故山田兼士さんが最終原稿を確認してくれる約束になっていた。私が第20回小野十三郎賞を受賞した時、私との対談のために、今までの私の詩集やエッセイ集を全て読んでくれていたことは未だに感謝し尽くせない思いが残っている。今回はその時の選考委員だった倉橋健一さんに帯文を書いても貰った。お二人には心から感謝したい。また、このような人生を背景に、私が詩を書き続けてきたことを支えてくれた友人たちにも改めて感謝したい。

二〇二三年　六月吉日

吉田義昭

吉田義昭（よしだ よしあき）

［主な詩集］『ガリレオが笑った』（2002年、書肆山田）、『北半球』（2007年、書肆山田）、『海の透視図』（2010年、洪水企画）、『空気の散歩』（2016年、洪水企画）、『結晶体』（2017年、砂小屋書房）、『幸福の速度』（2019年、土曜美術社出版販売）他。

現住所　〒175-0083　東京都板橋区徳丸5-31-16
yoshiaki-7790-y@jcom.home.ne.jp

風景病

二〇二三年八月一日発行

著　者　吉田義昭
発行者　松村信人
発行所　澪　標
大阪市中央区内平野町二 - 三 - 十一 - 二〇二
TEL　〇六 - 六九四四 - 〇八六九
FAX　〇六 - 六九四四 - 〇六〇〇
振替　〇〇九七〇 - 三 - 七二五〇六
印刷製本　亜細亜印刷株式会社
DTP　山響堂 pro.

定価はカバーに表示しています